愛読詩選集

ひとりあそび

田中作子

コールサック社

愛読詩選集

『ひとりあそび』

田中作子

三章　「小さな窓」

序詩　「待合せ」

あなたが　向うから
わたしが　こちらから
ふたりで持つひとつの風
雲間から射してくる一瞬の陽ざし
まぶしい時間

一章　「ひとりあそび」

ひとりあそび

来年の初夏には
二階のベランダに
ゼラニウムを飾ろうと
挿木をする

白い窓辺に
赤やピンクの花は
きっと似合うだろう

今日を送り
明日もすごすにも
不安を感じているのに
やわらかい緑の茎を土に挿しながら
もっと長い月日を考えている

そしてもう
わたしの想いの中では
ベランダに
ゼラニウムの赤とピンクが
咲きはじめている

刻《とき》

音楽とともにさまざまな角度を見せる
ブラウン管のヨーロッパの古城

背後で雨だれが時を刻む

雨は空から落ち地に潜む
そのように消えてゆく歳月の流れの中
城の栄光の日々があり衰退の日々がある

長い時がつくった住居と生活のリズム
私は流れのままに日を送る
今夜は中秋の名月なのだが
雨はいよいよ強く降りはじめた

挽歌

年賀や祭り　花見の手拭いをつなぎ
五布《いつの》の巾の風呂敷を作る

わが家の生活も洋風になり
座る生活から離れて数年経つ

使われることのすくなくなった座布団を
風呂敷につつむ

忘れられていく
美しいものたちを
やわらかく包もう

手をつなぎかばい合って
去って行くものたちへ
しばらくを瞑目しよう

アイロン掛け

アイロンの蒸気のむこうに
過ぎて行った日々がある

太陽のにおい
石けんのにおい
煙草のにおい
枯草のにおい
食べもののにおい

あした会う親しい人々や
はじめて出合う人々を思い
心のしわも
のばして置こう

アイロンの蒸気のむこうに
明日が見えてくる

箱

眠れない夜
私の目の裏に
いくつもの箱がよぎる

箱根寄木のハンカチ入れ
千代紙を張ったレター入れ
伊香保みやげの半衿箱

みんな春の日の

雪のように消えてしまった

そして名前のない箱が
いくつも去来する

失なってしまった時と
積みあげてきた時は
どんな箱に入れたらよいだろう

黒い大理石の置時計が
時を刻んでいる

鏡

早朝　洗面所で鏡に向っていると
トントントントンと聞こえてくる
とおい記憶の中から聞こえてくる音である
戦後隣家では海苔や鮮菜で
くらしを立てていた
暁闇の寒い夜気をこめて聞こえてくる音は
海から採取した海苔をきざむ音である

私達は時折深い眠りから覚まされることがあった
「大変ですねぇこんなに早くから」と
言いながら又眠りについた
南風が吹くと海苔にたずさわる人ばかりでなく
土地の人々は海苔が腐ると空を見た

凛冽《りんれつ》の海に出て海苔を採るのも大変だが
海苔をきざみ　すだれに張って干すのは
家族の仕事である

今はとなりのピアノをうるさいと言い
早朝の鶏鳴にも文句を言うと聞く

風化して行く年月の中
夫の寝返りに眠りを奪われ
不眠をかこっている顔が
鏡に映っている

螢とＵＦＯ

＊

幼い子と遊ぶ
私のエプロンの下で
二つの小さな懐中電燈を動かす
ホタルです
あっちへ行ったり
こっちへ来たり
電燈消して！と言う

明滅するひかりは
紫紺にひろがる夏の夜空もなく
足をぬらす草の露もない

ほんものを知らない幼い子と
飛んで行けない電気のホタルと
幻の夜を遊ぶ

＊

懐中電燈のホタルは立ちあがり
光の環を
天井に向け
壁に向け

窓ガラスに向け
ＵＦＯです

ＵＦＯは
どこへでも出没できます

子どものＵＦＯと
私の螢は
夏の夜空を
どこまでも飛んで行きます

鬼ごっこ

鎮守の境内の椎の木の下も
暗くなってきたのに
まだやめない鬼ごっこ

薄暮の中の
追いかけっこ
ぐるぐるまわる
御献燈の下

目と目が合う
笑っている
追いかける　追いかけられる
やがてひとりへり　ふたりへり
別れ別れの帰り路

もっと大きな鬼が
追いかけてくることなど
考えてもいなかった

ゆうぐれ

むかしの空の
ゆうぐれは
空にうかんだ
グランドピアノ

夕映えの空
黒い屋根
楽譜にまがう
電線に

風がピアノを
弾いて行く

今ゆうぐれの
影をふみ
わずかに残る旋律を
聴きながらゆく
帰り道

ゆうべ

一日がこまぎれになる
こまぎれを糸に通す

幼い日の
ガラスの丸いビーズ玉
丸いのや　ひらたいの

色とりどりの
透明なもの　不透明なもの
手もとに寄せてつまみあげる

かるがると過ぎてゆく
時の貧しさを糸に通す

窓に夕ぐれを見ても
街路燈がともるので
夜は明かるくなるばかり

アールヌーボーのガラス工芸のような
なつかしい色はどこにあるのだろう

あかりを透かし糸に通す
私の夢のビーズ玉
手もとに寄せてさがしている

梅古木

梅の古木に生える苔から
紅い染料がとれると言う

ふるさとの家の梅の古木
その木をとり巻いて鬼ごっこをしたり
一周して自転車を練習するのが
慣わしであった幼いころ

梅の実の熟す頃

女達を相手に梅漬けをする母のそばで
紫蘇の葉を揉んで梅酢にひたし
指を染めて遊んだ私達

その紅よりももっと美しい紅色が
梅の古木の苔からとれるという

今年もふるさとの梅の木は
沢山の実をつけたという父のたより

月夜の海

月夜の海には詩がこぼれている
寄せては返す波の音
寄せた波はあっという間に消えてゆく
言葉にならない時間
ゆらめく月のさざ波

二章　「初秋の言葉」

春の朝

夜が水色に変りはじめる
しっとりと空気が重くなり
目覚める
今まで見ていた夢が
記憶から遠ざかった

よぎってゆくものを
抱えこんで
ベッドから降りる

あといくつの春が残っているのか

向いの屋根に
雀の丸いあたまが並び
声を転ばして囀ったり
さかんに羽搏いたりしている

遠景の欅の大木に新芽は見えないが
燃えるようにのびあがって見える

吉野夕景

東南院多宝塔のしだれ桜は
五分咲き程であった
白いちいさな吉野の桜*にはまだ早い

吉水神社前から見降す一目千本は
桜と墓が段々と重なる花の谷
浅い春のように
さむざむと眠る花の谷
満開の花にはまだとおい

峰から峰へつづく桜の中の幻
きらきらと輝く鎧武者の列
大海人の皇子
源義経
後醍醐天皇
大塔宮（護良親王）
何故か骨肉の争いの中で
この山を出て行く

四度目の吉野は
胸の中を吹き抜ける風が冷たい
吉野山は子の国と言い
生死の別れの国という意味と聞く

くもりガラスのような
夕まぐれの谷が
刻一刻と暗くなってゆく

＊吉野の桜は主にシロヤマザクラと言う

吉野旅情

毎年三月になると
嵯峨信之先生を囲んでの吉野の旅を思う
東南院のしだれ桜が私達を迎えてくれた
春と言っても三月末の山はまだ寒い
しっとりと咲く夜のしだれ桜の中
東京からの私達と
関西のアリゼの方々が一緒になった

一夜を共に過すだけなのに

ただそれだけで嬉しい旅
幾年経っても思い出す出逢いのよろこび

真向いの売店に並ぶ吉野のおみやげ
桜の花の入ったくず湯や
ようかん　柿の葉ずし
桜細工に杖や数珠
そして吉野雛
吉野雛は王朝の名残りを思わせる
土で作られた簡素な立雛
彩色も落着いている
この地の人々は今も
歴史の中に生きていた

私達は予備知識もないまま
嵯峨先生と先生方のお供をして歩いた
修験道の金峯山寺《きんぷせんじ》の蔵王堂（国宝）
後醍醐天皇の行宮となった
吉水院《よしみずいん》や勝手神社
熱心に御覧になって居られた嵯峨先生

数人の友達と如意輪寺や
後醍醐天皇陵　金峯神社を詣で
西行庵まで山中の細い道を歩く
杉や桧の落葉が重なる湿った山道
鳥の声もなく鳥影もない
木の実も落ちていない寂しい山

楓の木が見えた
少し明るくなったところに庵が見えた
花にはまだ遠い桜の蕾の西行庵
私たちは暫くの時を佇みあたりを眺めていた

吉野は一人では行けないところ
それでも行きたい
花の盛りに

鉄砲百合

雨上がりの朝
雨つぶののこる鉄砲百合
みずみずしい花茎を切る
一つの茎に八つの蕾持つ純白の花

あたたかな春の陽を浴び
夜気をとおした月の光を浴び
今ひらく　無垢の花

今日ひとつ
明日ひとつ
いのち目覚める

わずか五日のいのち
その吐息
夜に香り闇にただよう

桐の花

――桐の葉もふみわけがたくなりにけりかならず人を待つとなけれど――
式子内親王

桐の花の下に立つと雨が降る
うつむいた花房から降るのか
空から落ちてくるのか
きらきらと微細な雨が降る

沢山の花房をつけ
色も似　咲く季節さえ同じでも
藤の華麗さはなく
気付かないうちにボトボトと

地に落ちてしまう
葉が茂り夏が来て
葉が落ち冬が来て

ひそかに　ひそかに桐の花となる
そのかみの貴人《あてびと》を思いつづける春のおわり
うつうつと　桐の花　落ちる

藤

藤の咲く頃は
買物の行き帰り
公園の中を通って行く

三つの藤棚の
甘く高雅な香りが
永く蘭けた春のおわりを知らせてくれる

花房は上の方から咲きはじめ

下房に花が咲く頃は
風に散らされてしまう上の花
季節は花に思いのたけを運んでは
私から去るのだろうか
どこから飛んでくるのか
大きな蜂が羽をふるわせている

路地の中の露地

限られた日照しかない
狭い路地の中の露地
日陰の植物が
ゆっくりと息づく

千両や萬両
萬年青《おもと》
オリズルラン
紫蘭

君子蘭
しゃが
擬宝珠
道幅だけの縦に長い空
多くを望まないあざやかな緑

環境に合った植物を選び
鉢や箱に植える
路地に住む人の姿は見えないが
ゆたかな心の季節を
持っているのだろう
つゆの晴れ間の
あじさいのうすいブルー

暫くの時を佇む
狭い路地の中の広い露地
私のプロムナード

七夕の夜

夜空だけでも見ようと庭に出た
高い空は一面の巻層雲
雲の流れは早く
ひとつの星も見えない

星座表を手に
いつまでも　いつまでも
満点の星空を仰いでいた
こどもの頃
その時間の長かったこと

突然　黒いものが
はたはたと現れて過ぎて行った
夏の夜のこうもり

降りつづいた雨に
牽牛　織女は
天の川を渡れたろうか

鵲は翼をならべて
橋を作っただろうか

あの夜の短冊の
たくさんの願いごと
今はそれも忘れている

さるすべり

——四十五年を経て——

さるすべりの花がゆらぐ
昨日も　今日も

いくつも辿る
過ぎた日の
夏のまぼろし

たたかいの終った日
還ってきた人を迎えた庭

なにもないまっ青な空

夏の陽を
あざやかに消し
ゆれていた紅い花房

黙したまま
いくたびも
心の重い夏を送った

日ざかりをさける
昼の小憩
その人はゆっくりと
煙草をくゆらせている

秋晴れ

久し振りの秋晴れ
ベランダに洗濯物を干すと
枯草の匂いがして
私は野原の中にいた
思いっきり深く息を吸う

ここからは高速道路が見え
絶え間なく車が通って行く
あの道を行くと那須の牧場へ行ける

丈高く枯れた夏草
牛舎のにおい

イソップ物語りの中に
「牛乳の壺を頭にのせた乳しぼりの娘が
この牛乳を売って
にわとりを買って
卵を売って……と考えているうち
壺を落してしまった」
覚えている幼い記憶

ミルク色の時が
昨日のように
わたしのイソップ物語りも
秋空に溶けてゆく

初秋の言葉

人や物の影が長くのびて
夏は去って行く
歩けば汗がにじむ
陽の光は強い
木蔭のベンチに腰を降す
まわりの高いビル
暑さに疲れた樹々の緑

空はあくまでも高くさえぎる何もない

あの人の言葉
あの人の思想
形のないさまざまが
浮かんでは消えてゆく

ナスカの地上絵を想った
地上に残した謎の思想
永遠に残るものだろうか
空から俯瞰しなければ文様はわからない
発掘されたナスカの遺跡
鮮やかな彩文土器　動物や植物の象形文様
織物や装飾品　だが
地上絵の謎は解明されていない
子孫へ残す言葉と言われる

形あるものにひそむ謎
形のない言葉だけのもの

時が過ぎ
季節が移ろい
私にだけの初秋の言葉を思っている

形のまま

テーブルの上の
洋梨　二つ
昨日も
今日も　そのまま

二つのかたちの中に
風景がひろがる

結実の春

日照りの夏
秋の嵐

今在るものに
過去が凝縮されている

置かれたものの影が
一日をめぐり
昨日のように
また今日がある

香りが満ち
静かに光が沈む
内部に熟してゆく

予感がする
在るがまま
その形のまま
崩れてゆく

山茶花

朝ごとに散り敷く花びらを掃く煩わしさに
玄関の傍らの山茶花を
裏庭へ移して貰ったのは
十数年前のことでした

それでも毎年　山茶花は
ためらいもなく沢山の花をつけ
うすもも色の一重は蝶が群れているようです

色とりどりに華やいでいた季節が過ぎ
色彩のない季節に移るひととき
ふるえるような大気の中で
そこにだけ春があるような花のたたずまい

ひたすらな花のすがたに
気付こうともしなかった
わたしの歳月をかぞえます

冬の薔薇

冬至が過ぎ
あたりが明るくなってきた昼
庭の白薔薇の蕾が少しふくらんでいた
冷たい北西風にふるえる二本の枝の先に
それぞれ一つずつついた二つの蕾

暖冬と言うけれど
凍えるような凛冽《りんれつ》の朝もある
冷たい空気にさらされる蕾は花開くだろうか

開かずにしぼんで冬を越す薔薇
いつの年もそうであった

ひと枝を切り一輪挿しに活ける
ひと枝は庭に残し庭の景色にしよう

暖かい部屋の薔薇は傷つかず
美しい白い花瓣を開いた
甘い仄かな香り

庭の薔薇よ
もの言わず語らぬ花よ
閉じたまま語られぬ話もあるか
もはや問う術もない

三章　「小さな窓」

水の音

外出から帰り
疲れた身体で台所に立つ
蛇口を捻ると　水は
勢いよくステンレスの流しに
ひろがり流れていく
蛇口をゆるめ水をわずかに出す
目をつぶり　その音を聞く

母の里のあの清水の沢は今もあるだろうか

ひたひたと足を濡らす透明な水
低い崖から少しずつ流れる水が
粘土と砂の沢に溜り流れていく
私たちは沢がにを捕り
バケツに入れてはしゃいでいた

少女の頃
ひと夏を送った
海辺の村
母からはじめて御飯の炊き方を
教えられた
あの水のつめたさ

疲れた！

目を閉じて
細い透明な水の音を
母の最後の子守歌のように
聞いていた

やじろべえ

風邪をひいて
片方の鼻をつまらせた
右がつまれば左で呼吸《いき》をする
左がつまれば右で呼吸をする

左手を手術したとき
右手だけで用を足した

目も耳も足も　二つ

からだの内部にも
二つだけのものがある
互いに頼りにしている

わたしの家の
ふるびたやじろべえ
指などで突っつかれても
揺れながら平衡を保っている

馴れたくらしの
似たもの同士
主軸はすり減ってきたが
どうやらつり合いを保っている

ツタンカーメンのえんどう豆

——S・Oさんへ——

「これはツタンカーメンの豆よ」
私はそのひとにねだって莢に入った豆を三つほどいただいた
エジプトの王家の谷から発掘された
ツタンカーメン王の黄金の棺と黄金のマスクは見たことがある
記憶はうすれてしまったが
人々の肩越しに確かに見た
十八才位で亡くなられたと言われる王の

黄金のマスクは若々しかった

紀元前一三五〇年の昔　どんなことがあったのか知らない
王のミイラは黄金のマスクにおおわれ
五重の大棺に納められていたと言う
王の復活に必要な内臓を納めた容器
来世の生活に必要な玉座や寝台　櫃　武器　狩猟具などとともに
豆もあったと思う

豆は蒔かれ五月の空に赤紫の花をつけた

しまい込んだり　無くさないように　蒔き時をはずさないように
私はいつも持ち歩く化粧ポーチの中へ
丁寧に紙に包み入れておいた

秋十月　蒔く頃と思って包みを開けた
出て来た　ギャングが
四、五匹の黒と白のまだら模様の豆くい虫
三千三百年もの間　盗掘を免れたツタンカーメン王墓の豆は
私のポーチの中で
半年程の間に完全に食べられてしまった

「いただいた豆は食べられてしまいました
花は見られませんでした」

数日後　ぶ厚い封筒が届いた
「ツタンカーメンのえんどう豆を同封します　もう少し乾かしてく
ださい　十一月　十二月頃蒔きます」

途方もない春秋を地下深い王墓に眠りつづけ
発掘されたあとどんな経緯をたどって私にとどいたか
種子は蒔かれ　蒔き続けられた

赤紫のえんどうの花を咲かせよう
みかんの網袋に入れて台所の
いつも見える場所に吊りさげた
二ヶ所にわけて保存するつもり
場所を決めかねている

菠薐草

腕にひろがる水滴のここちよさ
この季節のほうれん草を洗う
みどりの色濃い冬のほうれん草とはちがい
柔らかなみどりの夏のほうれん草
気温三十度の暑さなのに
ポリエチレンの袋に入ったほうれん草は
つめたく冷えていてみずみずしい
わずかに付いている土を丁寧にふり洗う
洗い桶に沈んでいる土に親しさを感じて庭に撒いた

群馬県沼田産のほうれん草のラベルには
「収穫後すぐ冷蔵し直送します」とあった
猛暑の中で出荷作業に携わる生産者の気持ちを思ったからか

恩師嵯峨信之先生はほうれん草の根元を揃えて
糸でくくり茹でると仰言った
お一人でもきっちりと生きて居られた
お話をうかがった日を昨日のように思い出す

ある人に
「君、素直でないと詩は上達しないよ」
またある時
「詩人は自分の作品に自信を持たなければいけない」
どちらも東京詩学でのお話であった

この夕べ
夕餉の支度をしながら　ひそかに
めぐり逢いの不思議を思っていた

街路樹に

陽射しが明るくなり
花の咲く春のさかり
日々穏やかになつかしくやさしい

病院へ送ってもらう車の中から
街から街へと街路樹を眺める
萌えはじめた柳
白いこぶしの花
あれは花みずき

季節をわきまえて健気に咲きはじめる
歩道の区切られたわずかばかりの土の区画
水を与える人もなく
車の排気ガスを浴び
雨水も思う程吸収出来ないだろうに

厳寒に花芽をまもり
春にさきがけて花をひらく
宇宙の彼方からの信号か
永劫の時を知ってか
せめて律儀にいのちを生きようとしている

身体に不調があれば

仕事はいい加減になる
手ぬきをする
毎年欲かさず同じように続けるには大変な努力が要る

いのちあるものの努力を
宇宙の神秘を
通り過ぎた束の間の時に

アメリカ育ちの風味

私の孫の中で一番年下の女の子
温子《はるこ》と言う　小学五年生
アメリカ生まれのアメリカ育ち
高校生の兄がいる　その為か
活発なサッカー少女
身のこなしが速く
会う度に色が黒くなっていて
重い物など何でも持って手伝ってくれる
早口の英語　早口の日本語

いちばんたのしいことは
寝袋と枕を持って
お友達の家へ泊りに行くこと
友達も家へ呼ぶ
ひと晩中　とても楽しいと言う

アメリカの長い夏休みの半分は日本で過ごす
六月二十日から七月二十日までの一ヶ月間
母親の両親の家で過ごす
市の教育委員会へお願いして
日本の小学校へ体験入学をする
漢字がむずかしいと言うけれど
ママが熱心なのでやらねばならない

毎年のことなので日本の友達は仲よくしてくれる
給食もおいしい
ママが通った学校である

私が贈ったケーキとシャーベットに
お礼の電話がかかってきた
「おいしくて　風味がよかったです」に
私がびっくり
「風味がよいという言葉　どこで覚えたの」
「パパが言うんです」
日常の会話は日本語である
私はなる程と納得する

子孝行

アメリカから仕事で一時帰国した息子に
今夜の食事は何にしようかと迷う
この頃　年のせいか
料理が下手になったと思っている
美味しいと思ったことがない

スーパーに買物に行くと食材は多い
牛肉はオーストラリア産
豚肉はアメリカ産

鶏肉はブラジル産
勿論国産の牛肉や豚肉鶏肉は出ているが
味が無い　餌のせいかな
と思ったりする

魚もおさしみも近海物は滅多にない
ニュージーランドとか韓国
茹でたたこはモーリタニア
えびはバナメイと聞いたこともない国の名

この地は五十年前
専門の肉店、魚店があった
野菜市場もあり　農家が多かった
茄子や胡瓜やトマト、葉菜類も作られていた

今、農家は一軒もない
スーパーの野菜は種類も多いが
他県のものと外国産である

せめて日本の味を　と気を揉む私に
「お母さん子孝行をしてよ」と息子
「子孝行って？」と私
「子孝行とは何もしないこと」
汗水流す必要はない
食べに出掛けることだと納得する

カラスの眼

外の流しに置いた石けんが無くなる
新しく置くとまた無くなる
どうしたのだろう
あたりを捜しても見当たらない

ある日少し離れた裏庭に
新しい石けんが落ちていた
家の者に聞いても
何も知らないと言う

数日が過ぎた日
流し台から飛び立つカラスを見た
脂肪と苛性ソーダで作られる石けんを
食べるのだろうか

私は使いにくくなった小さな石けんを
まとめて丸い玉を作った
グリーンやホワイト・ピンクの
大理石《マーブル》の丸い玉《ストーン》

銜《くわ》えて行くのか
足で挟んで持って飛ぶのか
数日は盗られないで済んだ
きっと、匂いも味もまずいのかも

しかし
とうとう無くなった
赤い柄《え》の鋏も無くなった
彼等は針金や鉄屑で巣を作ると言う

ある日　庭にいた私は
近所の猫が五、六羽のカラスに追いつめられ
庭の木に登りつめたのを
帚を持って行き助けたことがある
今その無謀をおそろしいと思う

カラスの知恵や記憶は
どうなっているのだろう

私の生活は
空からみんな見られている

小さな窓

一

小さな窓は二階の廊下の東側の隅にある
朝に晩にその窓から外を眺めるのは
私の起床と就寝の日課となってしまった

朝は出勤を急ぐ人々
男の人も女の人も
季節を匂わせて

大またで歩いて行く
一日のはじまりを肩にのせて

その日が終わる頃
雨が止んだ春の宵など
夜霧がかかり
どの家のガラス窓も
燈色にぼやけてかすみ
外燈の青い灯は
輪郭を無くし湿った空気の中にとける
ひそやかな夜を
人々はもう眠りに入っているのだろう
とおく赤色燈の点滅がかすみ
一日は事もなく終わった

小さな窓は
一区画の展望しかない
とおくに何が起こっているのか
わからないが
四季があり時々には
小鳥の飛ぶ姿も見える

二

朝起きてすぐ
いつもの小さな窓から
外を見た

丁度朝日が雲間を抜けて
昇って行くところ
まぶしい光が
この窓にも届くように
広い空にひろがる
思わず両手を合わせてしまう
多くの国々に内部対立があり
天変地異が起る

年の暮れに咲いた枇杷《びわ》の花は
まだ枝に残っている
この花の地味な色に
香りがあることを知らない人は多い
芽吹きはじめた草も木も

季節をたがえない
自然との約束は見事である
小鳥が飛んで行った
早春の小鳥は
チチチチと絶え間なく鳴く
愛のシグナル
小さな窓から
少しの世界が見える
日々が穏やかに世界が
平和であるようにと

明日

湯船に身をかがめる
一日の安堵のとき
たっぷりのあたたかな湯に
身をかがめ足をのばす
湯舟から感じる母の体温

いくつもの過去が
灯をともしてゆくように次々と現われる
父を母を　師を　友を

大勢の知り合った人々を過ぎてきた日にうしなった
私はどこまで来たのだろうか
過去はただ偶然を生きてきたように思う

唐の玄宗の頃　盧生という若者は邯鄲の茶店で不思議な老人の
出してくれた陶器の枕で寝ているうちに自分の一生の有為転変
を夢にみてしまう

今宵
私が眠りにつく枕では
明日の目覚めの時間さえ
知ることが出来ない

廂《ひさし》の下

廂のある物干場に秋の陽がまぶしい
私ひとりの洗濯物を干す
ここに沢山の洗濯物を干した日があった
ははの浴衣　夫の下着　子どもたちのシャツやズボン　沢山のシー
　ツなど
パリっと乾いた太陽の匂いを取込むと
あたたかく気持ちよかった

その廂の下に今では植木鉢やプランターが増えた

この秋には沢山の球根を植えた
水仙　チューリップ　ヒヤシンス　ラナンキュラスやアネモネ　ア
　イリスや百合など
毎年のことながら球根がふえるので
今年は特に多くの鉢が並んだ
マーガレットの大きな株も植えかえた

初秋にはおみなえしや桔梗　藤袴　ほととぎすなど　佛に供える切
　花も咲いた
春から夏　秋から冬への生命の循環を見つめ乍ら歳月を数える
孫たちは私の背丈を越えてしまった
花作りなどしていると時の経過に慣れてしまうのだろうか
過去を忘却し明日を夢見るだけ

いまここは春を待つ場所
時々のら猫に襲われるが　天候に恵まれる日々になればいい
春になったら花屋のように
それは私の夢だけれど

解説

大いなる命やかれんな美と「ひとりあそび」する人

田中作子・愛読詩選集『ひとりあそび』に寄せて

鈴木比佐雄

1

田中作子さんは、一九二七年生まれで今年は九十歳を迎えるが、現在「コールサック」（石炭袋）で「良寛さま」というエッセイを連載中であり、執筆の情熱は衰えることはない。お話しても記憶している詩や短歌などをすらすらと暗唱し、その作品の感動を語ってくれることは、とても驚かされる。本当に田中さんは詩が好きで生涯詩人であり続ける典型的な詩人に違いない。かつて田中さんからお聞きしたことだが、作子とは父母が物を作る意味と同時に花が咲くという響きを重ねた名前ですと教えてくれた。花が咲くように詩を作り続けている生き方はまさに名は体を表わしていて、父母の想いや願いを生きているように感じられる。

今回の愛読詩選集『ひとりあそび』は、二〇一五年に刊行された『田中作子著作集』に収録された詩篇の中から、良寛さんの「世の中にまじらぬとにはあらねどもひとり遊びぞわれは勝れる」という詩的精神とも重なる詩「ひとりあそびに」を冒頭に置き、その観点から特に繰り返し読んでほしいリズム感のある詩篇が選ばれたものだ。それらの詩篇の魅力を序詩「待合せ」から伝えていきたい。

序詩「待合せ」

あなたが　向うから
わたしが　こちらから

ふたりで持つひとつの風

雲間から射してくる一瞬の陽ざし
まぶしい時間

この「待合せ」という言葉を私たちは何気なく使用しているが、田中さんがこの詩のタイトルにしたことによって、気付かなかったこの言葉の深い意味を知ることができる。一人の風のような存在である「あなたが向うから」から「ひとつの風」を持ってやってくる。そして「わたしがこちらから」「ひとつの風」を持ってやってくる。するとその「待合せ」る瞬間に、その風は混じり合い、不思議なことに「ふたりで持つひとつの風」

になってしまう。この詩行の前後に一行ずつの空白があることが効果的だ。前の空白は二人の今までの風になるための努力を暗示しているし、後の空白は「ひとつの風」になるための痛みや喜びや様々な思いを感じさせてくれる。その瞬間でありながら様々な出来事を最後の二行では「雲間から射してくる一瞬の陽ざし／まぶしい時間」と田中さんは語っている。この詩は他人だった男女が出会って恋に落ちた瞬間やその後に伴侶となり過ごした長い時間を物語っているように思われるし、また人間が自己の求める世界に近づく手引きをする人や事物などに出会って、新たな生きるエネルギー得る劇的瞬間を物語っているようにも感じられる。かりにそのような「ひとつの風」を二人で持つ瞬間が現れるのなら、それは奇跡的なことで、「待合せ」とは奇跡とも言い換えることができるかも知れない。この詩「待合せ」は、人間が生きることを切り拓いていくことの出会いの重要さを極限の形で表現しているだけでなく、目に見えない聖なるものの存在から出会いの「まぶしい瞬間」を透視されているようにも思われてくる。その意味で田中さんの詩には、良き出会いである「待合せ」を願い促す、聖なるものの慈しみの眼差しが感じられる。同時に出会うためには、あなたもわたしも一人ひとりの風になり、生きる姿を晒さなければならないという課題も告げているように思われる。その生きる姿とは、田中さんの言葉では「ひとりあそび」になるのかも知れない。つまり「ひとりあそび」という自己を解放しながら自己を鍛える時間を過ごしていくことが、これから出会う他者の時間を尊重し、未知の豊かな出会いの時間である「待合せ」を可能とするのだということを直観しているのだろう。次に詩篇の紹介をしていきたい。

2

一章「ひとりあそび」の同じタイトルの詩には、「ひとりあそび」という言葉の一般的な意味に田中さんによって新らしい意味が宿っているように思われる。

ひとりあそび

来年の初夏には
二階のベランダに
ゼラニウムを飾ろうと
挿木をする

白い窓辺に
赤やピンクの花は
きっと似合うだろう

今日を送り
明日もすごすにも
不安を感じているのに
やわらかい緑の茎を土に挿しながら
もっと長い月日を考えている

そしてもう
わたしの想いの中では
ベランダに
ゼラニウムの赤とピンクが
咲きはじめている

一連目、二連目は「来年の初夏」に二階のベランダに赤やピンクのゼラニウムの花を咲かせようと想像する。白い窓辺にそんな花が咲き乱れることは「きっと似合うだろう」と家の佇まいを想像し始めるのだ。家の窓辺に花を飾ることに思い巡らすことは「ひとりあそび」の良きあり方だろう。自分や家族が楽しむだけでなく、知人や友人たちで家を訪れた人びとに真っ先に見てもらいたいと願ったのだろう。三連目には、今日や明日を乗り切ることにも「不安を感じているのに」、田中さんはなぜか、「緑の茎を土に挿しながら」、「もっと長い歳月を考えている」という。この有限な自分を超えた無限の大いなる命や永遠につながる美的世界を発見し手渡していくといった行為が、田中さんにとっての「ひとりあそび」であるように感じられる。つまり「ひとりあそび」とは、連綿と続く命やかれんな美と戯れながら時間を過ごすのだが、その時に悠久の「長い月日を考えている」ことに気付かされる瞬間なのかも知れない。最後の連の「わたしの想いの中」にゼラニウムが咲き出す飾らない描写は、読み手の心に素直に伝わってくる。その意味ではこの詩「ひとりあそび」は、田中さんの美意識や生き方の特徴を伝えてくれる代表作であると私には思える。

一章のその他の詩篇は、田中さんの暮らしの中で自然音や生活音が、静かでゆったりとしたリズム感となって詩行の中から聞こえてくる。詩「刻《とき》」では、「背後で雨だれが時を刻む／／雨は空から落ち地に潜む／そのように消えてゆく歳月の流れの中」と雨音が歳月に染み込んでいくと刻んでいる。詩「挽歌」では、「年賀や祭り　花見の手拭いをつなぎ／五布《いつの》の巾の風呂敷を作る」ことで、座布団など「忘れられていく／美しいものたちを／やわらかく包もう」という暮らしの美意識を語っている。詩「アイロン掛け」では、「心のしわも／のばして置こう」とか、「アイロンの蒸気のむこうに／明日が見えてくる」というように明日会う人を思いやるのだ。詩「箱」では、「眠れない夜／私の目の裏に／いくつもの箱がよぎる」ことがあり、「失なってしまった時と／積みあげてきた時は／どんな箱に入れたらよいだろう」と語り尽くせない想いを語る。詩「鏡」では隣家の「海から採取した海苔をきざむ音」から戦後間もない頃の暮らしの一端を知らせている。詩「螢とＵＦＯ」では幼い子にエプロンの下の懐中電灯を明滅させて、螢やＵＦＯだと言って遊んだ時の面白さを伝えている。その他の詩「鬼ごっこ」、詩「ゆうぐれ」、詩「ゆうべ」、詩「梅古木」、詩「月夜の海」でも自然音が楽器となり、夕暮れが巨大なキャンバスとなり、生きる光景の中に詩を感じてしまうのだ。一章の最後の詩「月夜の海」を引用してみたい。

月夜の海

月夜の海には詩がこぼれている
寄せては返す波の音
寄せた波はあっという間に消えてゆく
言葉にならない時間
ゆらめく月のさざ波

月夜の海からのさざ波の響きを五行の詩に録音したかのようだ。読むたびにさざ波は響き渡り、月光によって波がしらが妖しく光り出すようだ。

3

二章「初秋の言葉」十四篇は、季節感のある植物や事物などの詩篇が集められている。一四篇の題名と植物名などを挙げてみると次のようになる。詩「春の朝」の「欅の新芽」、詩「吉野夕景」・詩「吉野旅情」の「しだれ桜」や「シロヤマザクラ」、詩「鉄砲百合」の「鉄砲百合の吐息」、詩「桐の花」の貴人を思い続ける花、詩「藤」の「高雅な香り」、詩「路地の中の露地」の「日陰の植物」、詩「七夕の夜」の「こうもりや短冊」、詩「さるすべり」の「なにもない真っ青な空」、詩「秋晴れ」の「枯草の匂い」、詩「初秋の言葉」の「子孫へ残す言葉」、詩「形のまま」の「洋梨　二つ」、詩「山茶花」の「そこにだけ春があるような花」、詩「冬の薔薇」の「美しい花瓣」などだ。どの詩篇も植物を愛でるというよりも、植物の存在が背負っている宿命に寄り添ってその思いを代弁したり、暮らしの中で共に生きてきた同志のような親しみでその存在感を物語っているように思われる。その中でも詩「冬の薔薇」は心に残る詩であり引用したい。

冬の薔薇

冬至が過ぎ／あたりが明るくなってきた昼／庭の白薔薇の蕾が少しふくらんでいた／冷たい北西風にふるえる二本の枝の先に／それぞれ一つずつついた二つの蕾／／暖冬と言うけれど／凍えるような凛冽《りんれつ》の朝もある／冷たい空気にさらされる蕾は花開くだろうか／開かずにしぼんで冬を越す薔薇／いつの年もそうであった／／ひと枝を切り一輪挿しに活ける／ひと枝は庭に残し庭の景色にしよう／／暖かい部屋の薔薇は傷つかず／美しい白い花瓣を開いた／甘い仄かな香り／／庭の薔薇よ／もの言わず語らぬ花よ／閉じたまま語られぬ話もあるか／もはや問う術もない

この詩の最終連の「庭の薔薇よ／もの言わず語らぬ花よ／閉じたまま語られぬ話もあるか／もはや問う術もない」を読めば、田中さんが「ひとりあそび」をするように、きっと別れていった親しかった人びとと対話をしていることが分かる。詩とは「もの言わず語らぬ花」の想いを語ろうとする逆説的な試みなのかも知れない。

三章「小さな窓」十一篇は、田中さんの大切にしてきた信条のような「ひとりあそび」の精神で、生あるものの姿を少しユーモラスに物語ろうとしている。詩の題名とテーマを挙げてみる。詩「水の音」の「母の最後の子守歌のような響き」、詩「やじろべえ」の「馴れたくらしの／似たもの同士」、詩「ツタンカーメンのえんどう豆」の「赤紫の花を咲かす遊び心」、詩「菠薐草」の「嵯峨信之先生のほうれん草の茹で方」、詩「街路樹に」の「いのちあるものの努力」、詩「アメリカ育ちの風味」の「活発なサッカー少女」、詩「子孝行」の「食べに出掛けること」、詩「カラスの眼」の「巣作りのための盗難」、詩「小さな窓」の「少しの世界が見える」、詩「明日」の「偶然を生きてきた」、詩「廂《ひさし》の下」の「春を待つ場所」など。そんな人生の切実さと重さをさりげないユーモアに包んでシンプルに表現してきた田中さんの詩篇を愛読して欲しいと願っている。

田中作子（たなか　さくこ）略歴

一九二七年　茨城県潮来《いたこ》市に生まれる
一九八七年　詩集『二枚の布』（詩学社）
一九九四年　詩集『形のまま』（詩学社）
一九九七年　詩集『奈良の寺』（詩学社）
二〇〇五年　詩集『空を見上げて』（水仁舎）
二〇一一年　詩集『吉野夕景』（コールサック社）
二〇一二年　歌集『小庭《さにわ》の四季』（コールサック社）
二〇一五年　『田中作子著作集』（コールサック社）
二〇一八年　愛読詩選集『ひとりあそび』（コールサック社）

「東京詩学の会」の嵯峨信之先生、齋藤怘先生、猿田長春先生の指導を受けた。その後に西一知氏の主宰する詩誌「舟」を経て、現在は文芸誌「コールサック」(石炭袋)会員
日本現代詩人会会員

住所　〒一三四-〇〇八一　東京都江戸川区北葛西二-一〇-二八

石炭袋

田中作子・愛読詩選集『ひとりあそび』

2018年3月27日　初版発行
著　者　　　田中作子
編集・発行者　　鈴木比佐雄
発行所　株式会社 コールサック社
〒173-0004 東京都板橋区板橋 2-63-4-209
電話 03-5944-3258　FAX 03-5944-3238
suzuki@coal-sack.com　http://www.coal-sack.com
郵便振替 00180-4-741802
印刷管理 （株）コールサック社 製作部

装幀　奥川はるみ

落丁本・乱丁本はお取り替えいたします。
ISBN978-4-86435-328-1　C1092　￥1500E

